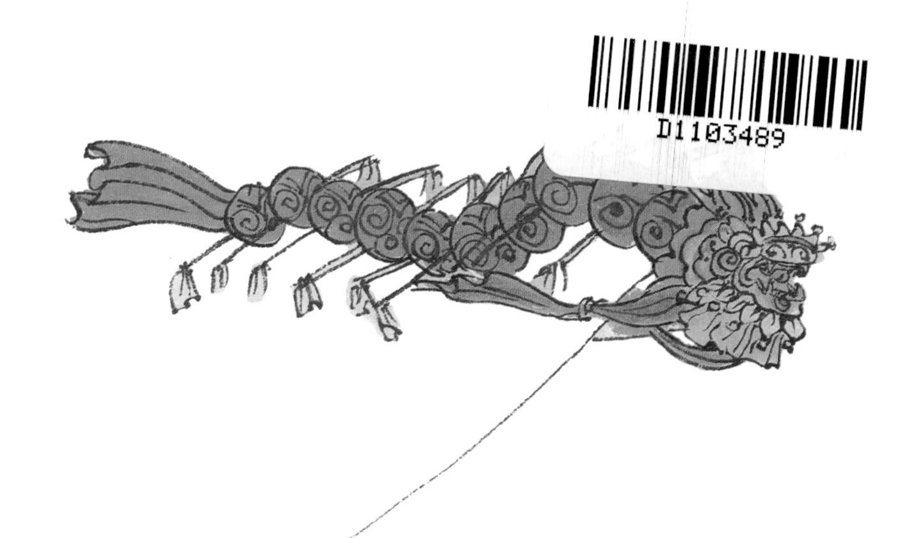

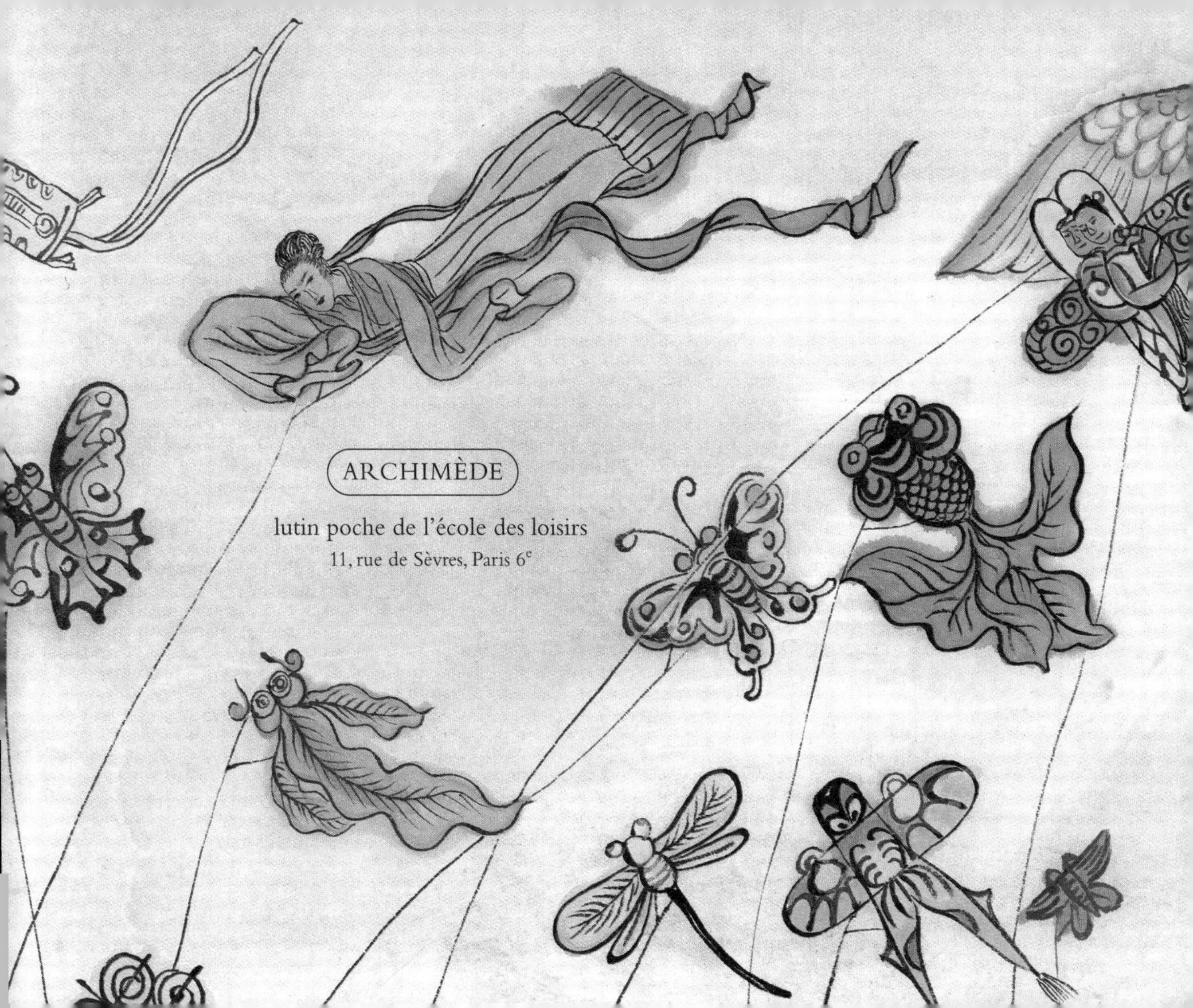

ARCHIMÈDE

lutin poche de l'école des loisirs
11, rue de Sèvres, Paris 6e

Chen Jiang Hong

LA LÉGENDE DU CERF-VOLANT

texte de Chen Jiang Hong et de Boris Moissard

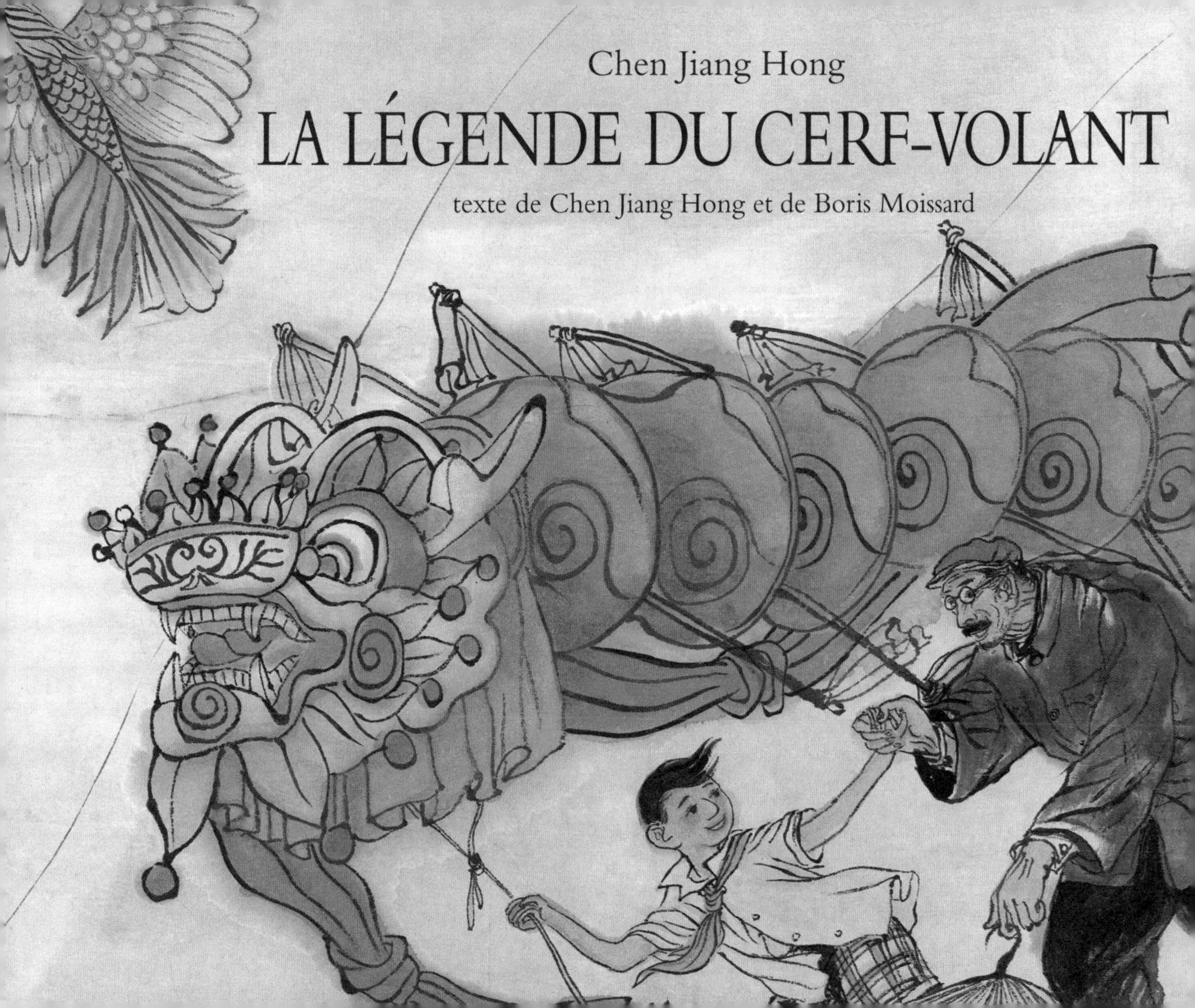

En Chine, au printemps, chaque année, le ciel au-dessus des toits s'emplit soudain de couleurs vives : c'est la fête du cerf-volant. Très tôt, ce dimanche matin, le jeune Dong-Dong et son grand-père arrivent place de la Cité interdite, munis de leur cerf-volant à eux. Ils l'ont fabriqué de leurs mains, avec amour. Et ils l'ont baptisé Grand Dragon.

Tout l'hiver, Dong-Dong n'a vécu que pour cette minute exaltante où son cerf-volant s'envolerait enfin. À présent, sa fierté est immense. Tout le monde, autour de lui, s'extasie sur le Grand Dragon, qui évolue là-haut avec maestria, dans toute sa splendeur.

Hélas ! le fil ne résiste pas à la force du vent. Il casse et voilà le Grand Dragon livré à lui-même, et qui s'en va en tournoyant dans les rafales, pour terminer sa course folle en se déchirant au toit du temple.

Dong-Dong fond en larmes.

« Quel malheur ! Nous avions mis si longtemps à fabriquer notre cerf-volant ! »

Son grand-père le console : « Ne pleure pas, Dong-Dong, nous en ferons un autre et, cette fois, nous l'attacherons à un fil solide. »

Dong-Dong voudrait au moins récupérer l'épave du Grand Dragon. Son grand-père l'en dissuade : « Comme tu sais, la Cité interdite était un lieu réservé à l'Empereur. Aujourd'hui, on n'a toujours pas accès au temple. »

L'enfant ravale ses pleurs. Le vieillard lui caresse le front : « Sais-tu au moins pourquoi nous voyons aujourd'hui tant de cerfs-volants au-dessus de nos têtes ? C'est une belle histoire, je peux te la raconter. »

Dong-Dong oublie son chagrin. Ses yeux s'allument : « Oh ! oui, grand-père. S'il te plaît ! »

Eh bien, voilà, dit le grand-père. Il y a très, très longtemps, dans une ville ancienne, vivait une famille dont le père était peintre et dont le fils s'appelait Ming-Ming.

Le petit Ming-Ming aimait regarder son père au travail. À l'occasion, il l'aidait à préparer son encre ou à calligraphier. Ainsi élevé dans l'habitude du trait et de la couleur, Ming-Ming devint lui-même, très tôt, un peintre fort habile.

暮霞還

Dans la maison voisine, vivait un médecin dont la fille, nommée Ying-Ying, était une de ces délicieuses petites créatures qui semblent nées pour faire la joie de leurs parents. Ming-Ming et Ying-Ying avaient à peu près le même âge et ne se quittaient jamais. Ils jouaient ensemble, riaient ensemble et grandissaient ensemble, dans un climat de bonheur paisible.

Les années passèrent. Ming-Ming devint un beau jeune homme mais aussi un artiste célèbre, qui gagnait des fortunes avec ses paysages et ses portraits, que lui achetaient les notables de la ville.

De son côté, Ying-Ying embellissait de corps et d'âme. Elle secondait son père dans l'exercice de sa médecine, préparant et dosant des remèdes pour soulager les malades. Sa grâce et sa gentillesse lui attiraient l'admiration de tous et lui valaient aussi quantité de prétendants, qu'elle refusait l'un après l'autre, car elle aimait Ming-Ming d'un amour aussi exclusif que réciproque. Les deux jeunes gens, toujours inséparables, n'attendaient que l'occasion de s'unir. Finalement on fixa la date de leur mariage au printemps prochain.

Sur ces entrefaites, l'Empereur, en promenade, vint à passer devant la maison du médecin. Apercevant la ravissante Ying-Ying, il ordonna à son premier serviteur: «Tu m'amèneras cette jeune fille au palais, je veux l'avoir au nombre de mes concubines.»

À l'annonce du malheur qui la frappait, Ying-Ying crut mourir de désespoir. « Je n'irai pas au palais. Je m'enfuirai. Je ne te quitterai jamais », sanglotait-elle auprès de son bien-aimé, dont le cœur s'était brisé.

Malgré sa tristesse, Ming-Ming cherchait une solution.

« Fuir est impossible, nos maisons sont surveillées. Il faut que nous trouvions un autre moyen. »

Finalement, un soir, Ming-Ming parut chez Ying-Ying avec un portrait qu'il avait fait d'elle, en pied, grandeur nature, d'une ressemblance à s'y méprendre, et qu'il avait découpé et collé avec soin.

« Crois-tu que j'aie le cœur à plaisanter ? » lui reprocha la jeune fille en le voyant arriver le sourire aux lèvres.

Ming-Ming répondit : « Je ne plaisante pas. Jamais je n'ai été plus sérieux. J'ai trouvé le moyen que tu ne partes pas pour le palais : je t'apporte celle qui va s'en aller à ta place. »

Le triste jour arriva néanmoins où les gens de l'Empereur se présentèrent chez Ying-Ying pour l'emmener au palais. À peine leur palanquin s'était-il arrêté devant la porte de la jeune fille que Ming-Ming lança en l'air de toutes ses forces le portrait de sa bien-aimée, qui s'éleva comme un oiseau, à la stupeur générale.

« Regardez ! Ying-Ying s'envole ! Elle monte au ciel ! »

Les officiers de l'Empereur n'en croyaient pas leurs yeux.

« Rattrapez-la ! Rattrapez-la ! » criaient-ils à leurs hommes.

Mais Ming-Ming manœuvrait adroitement et le portrait gagnait de la hauteur. L'escorte s'en retourna bredouille, très impressionnée.

Les deux jeunes gens quittèrent la ville et s'enfuirent aussi loin qu'ils le purent vers le sud. Là, ils se marièrent, furent heureux et eurent un enfant, un fils, qu'ils éduquèrent dans le respect de tout ce qui s'envole.

Fort du succès de son stratagème, Ming-Ming se consacra désormais à la décoration des cerfs-volants, art dont il transmit les finesses à de nombreux disciples, pour le plus grand charme des fêtes aériennes dont l'habitude s'est perpétuée jusqu'à nos jours.

C'est ainsi qu'aujourd'hui encore la tradition chinoise veut que le ciel s'anime de cerfs-volants dans toutes les grandes occasions : pour le plaisir de l'œil, pour la joie de l'esprit et aussi pour le jeu d'adresse car s'en servir demande beaucoup de savoir-faire.

Et de nos jours, les cerfs-volants sont partout, dans tous les ciels du monde…

Pour finir, le grand-père dit à Dong-Dong : « Si tu fais bien attention, tu remarqueras qu'il y a toujours un cerf-volant, parmi les autres, qui représente une belle jeune fille. En voyant celui-là, pense à Ying-Ying et à son envol fabuleux. »

Dong-Dong a beaucoup aimé l'histoire : « Merci, grand-père. Demain, à l'école, je la raconterai à tous mes amis. Mais maintenant rentrons. Il faut que nous fabriquions un nouveau cerf-volant. »

Construisons un petit cerf-volant

Le matériel :

Quelques feuilles de papier léger et résistant (papier de riz, papier de soie, feuilles de journal, papier d'emballage Kraft, etc.). Un papier à cerf-volant se trouve dans les magasins spécialisés.

40 cm

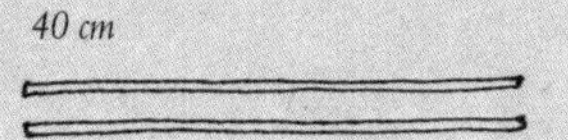

60 cm Baguettes (de préférence en bambou ou en rotin très fin)

une grande règle

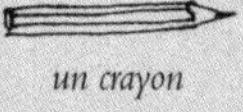

un crayon

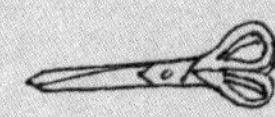

un bâton de colle

des ciseaux

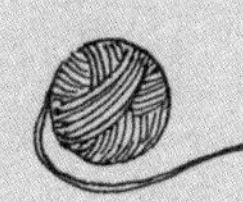

de la ficelle

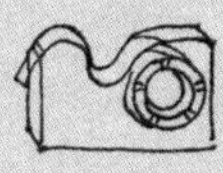

du Scotch

de la peinture et des pinceaux pour la décoration

une bobine roulante de ficelle

La construction :

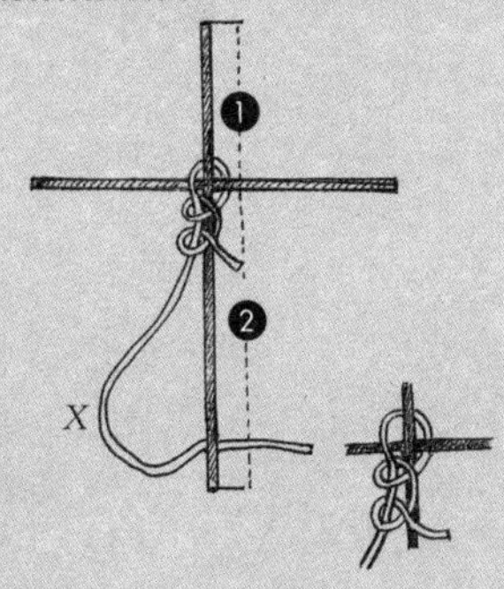

On assemble en croix deux baguettes, avec une partie 2 des deux tiers plus longue que la partie 1. Observons bien le nœud du dessin et laissons une partie longue (X).

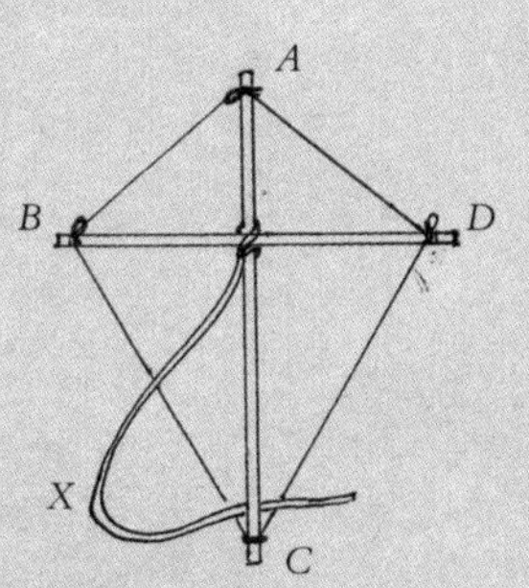

On relie les uns aux autres les points A, B, C et D avec de la ficelle. (On peut faire des encoches à chaque bout de baguette.)

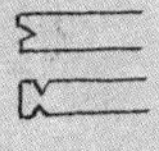

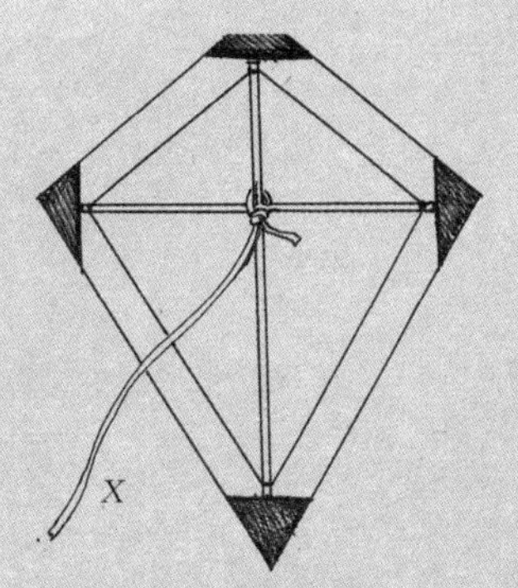

On découpe la feuille de papier 10 à 15 mm plus large que la dimension du cadre. On coupe les pointes. On pose le cadre sur le papier et on rabat et colle le papier par-dessus la ficelle vers l'intérieur du cerf-volant, en enfermant les baguettes. On appuie et on laisse sécher.

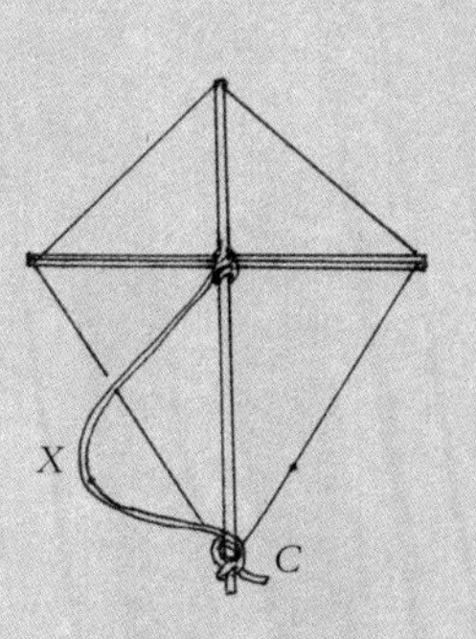

On attache le bout long de la ficelle (X) au point C.

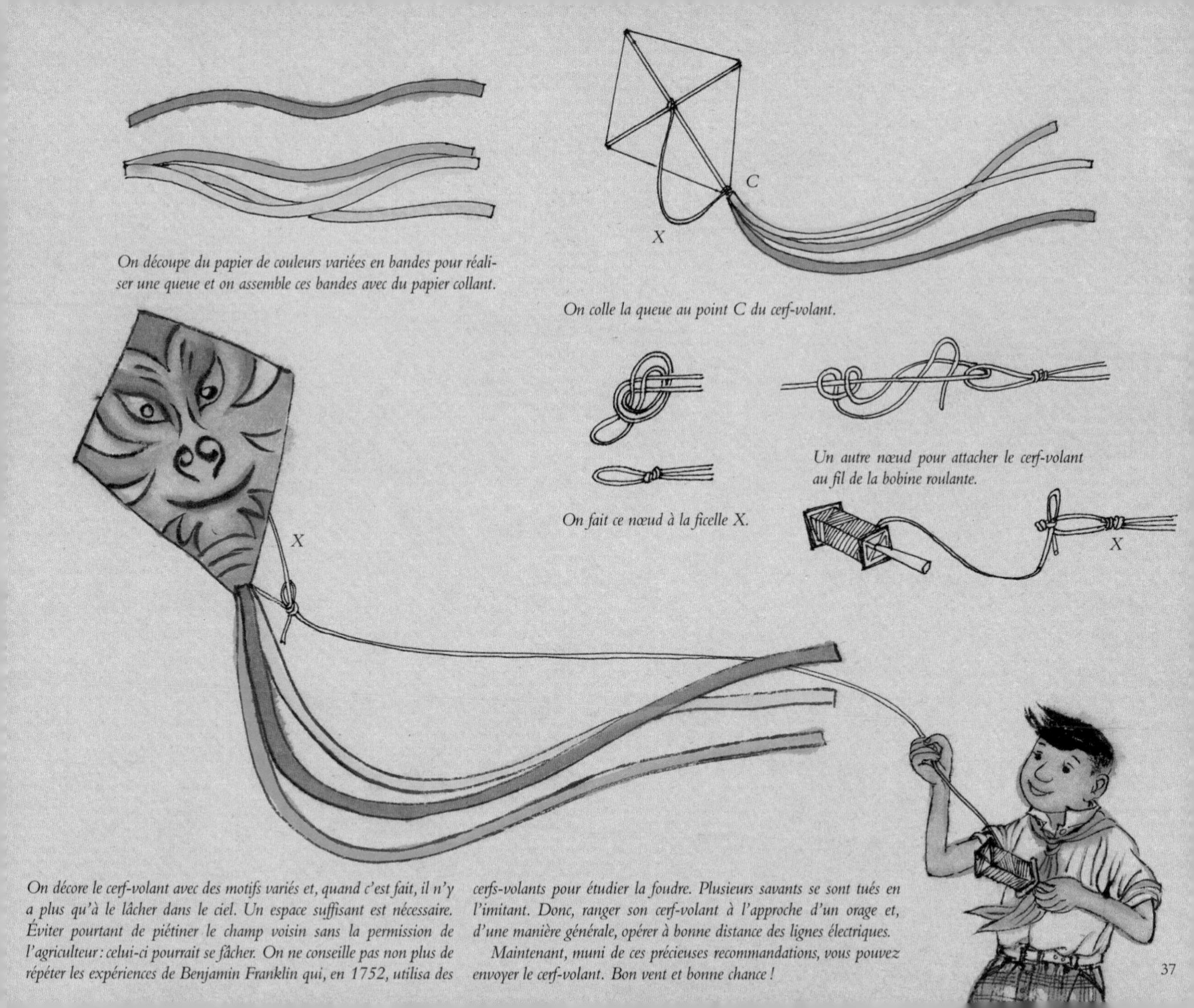

On découpe du papier de couleurs variées en bandes pour réaliser une queue et on assemble ces bandes avec du papier collant.

On colle la queue au point C du cerf-volant.

On fait ce nœud à la ficelle X.

Un autre nœud pour attacher le cerf-volant au fil de la bobine roulante.

On décore le cerf-volant avec des motifs variés et, quand c'est fait, il n'y a plus qu'à le lâcher dans le ciel. Un espace suffisant est nécessaire. Éviter pourtant de piétiner le champ voisin sans la permission de l'agriculteur : celui-ci pourrait se fâcher. On ne conseille pas non plus de répéter les expériences de Benjamin Franklin qui, en 1752, utilisa des cerfs-volants pour étudier la foudre. Plusieurs savants se sont tués en l'imitant. Donc, ranger son cerf-volant à l'approche d'un orage et, d'une manière générale, opérer à bonne distance des lignes électriques.

Maintenant, muni de ces précieuses recommandations, vous pouvez envoyer le cerf-volant. Bon vent et bonne chance !

Chen Jiang Hong, peintre chinois né en 1963, a été formé aux Beaux-Arts de Pékin.
Il vit et travaille à Paris depuis 1987, son œuvre est exposée en France et à l'étranger.
Pour illustrer, il utilise une technique traditionnelle à l'encre de Chine sur du papier de riz.

ISBN 978-2-211-05249-8
Première édition dans la collection « lutin poche » : mars 1999

Loi numéro 49 956 du 16 juillet 1949 sur les publications destinées à la jeunesse : mars 1997
Dépôt légal : juillet 2007
Imprimé en France par Mame à Tours